Der kleine Drache Hab-mich-lieb

Andrea Schwarz

Andrea Schwarz

Der kleine Drache Hab-mich-lieb

*Ein Märchen
für große Leute*

Mit Illustrationen von
Thomas Plaßmann

HERDER

FREIBURG · BASEL · WIEN

Für Martina, die gesagt hat,
ich solle doch einmal ein Märchen schreiben,
und für «meinen» Zauberer,
der manchmal auch Drache ist,
hin und wieder aber auch Katze…
(bzw. Kater)
Ohne euch
wäre dieses Märchen
nicht geschrieben worden…
danke

Mein König hat mich gerufen,
am Wege die Flöte zu spielen,
damit alle,
die sich dahinschleppen,
einen Augenblick stehenbleiben,
um Atem zu holen.
TAGORE

Wir haben für euch auf der Flöte gespielt,
und ihr habt nicht getanzt.
Wir haben Klagelieder gesungen,
und ihr habt nicht geweint!
LUKASEVANGELIUM 7,32b

 ieses Märchen beginnt, wie alle vernünftigen Märchen anzufangen haben, nämlich mit

«Es war einmal…»

Damit ist aber noch lange nicht gesagt, dass dieses Märchen nun ein vernünftiges Märchen ist. Diese Geschichte von dem kleinen Drachen «Hab-mich-lieb» ist ein kleines bisschen wahr – und die Wahrheit kann manchmal ziemlich unvernünftig sein…

s war einmal ein kleiner Drache, der lebte ganz alleine in einer dunklen Höhle mitten im hohen Gebirge.

Sie mühte sich rechtschaffen, ein richtiger Drache zu sein; und so schaute sie regelmäßig aus ihrer Höhle heraus, machte «Prrruuuuuuu» und lief gelegentlich ein paar Schritte um die Höhle, um zu sehen, ob auch alles in Ordnung war. Dabei fauchte sie dann so laut vor sich hin, dass die alte Eiche immer wieder von neuem erschrak und ein oder zwei Blätter verlor, die kleine Haselmaus sich zitternd unter einem Ahornblatt versteckte und die Kaninchen, die gelegentlich auf der Wiese spielten, Hals über Kopf die Flucht ergriffen.

Aber das war schon recht so, schließlich müssen Drachen so sein – sie leben in Höhlen, alle Welt weiß, dass sie da sind, und fürchtet sich vor Ihnen. So war es auch dem kleinen Drachen beigebracht worden, und sie versuchte wirklich, ihren Pflichten ordentlich nachzukommen…

ber unser Drache war noch ein sehr junger Drache… und so kam es, dass sie sich immer häufiger fragte: «Was soll das eigentlich alles?»

Oft langweilte sie sich, wenn sie nicht gerade fauchte oder pflichtgemäß ihre Runde um die Höhle machte. Dann kam es vor, dass sie nachdachte – zugegeben eine für Drachen sehr ungewöhnliche Beschäftigung. Am liebsten legte sie sich dabei an die Höhlentür, streckte die Schnauze hinaus, den Kopf auf den Pfoten. Die Bienen summten fröhlich auf der Wiese umher, die Blätter der alten Eiche wiegten sich sanft im Wind – und die Augen des kleinen Drachen sahen sehnsüchtig den Schwalben hinterher, die hoch oben am Himmel flogen.

Sie tat ihre Pflicht, sicher – aber war das ein Leben?

ieles ging ihr im Kopf herum, wenn sie so dalag und nachdachte. Sie grübelte darüber nach, welchen Sinn es eigentlich hatte, auf der Welt zu sein – und drehte dabei gedankenverloren in ihren Nackenhaaren, dass sie sich total verknoteten. Manchmal war sie aber auch des Nachdenkens müde, so dass sie einfach nur die Ohren spitzte und die Augen sehnsüchtig umherschweifen ließ.

Wenn sie lange ganz ruhig gewesen war, traute sich zum Beispiel der Igel aus seinem Versteck hervor – gefolgt von der Igelin und fünf kleinen Igelkindern. Es war schön, ihnen zuzusehen, wie sie zärtlich miteinander umgingen, spielten, wie fürsorglich sich die Igeleltern um die Kleinen kümmerten.

Einmal hatte sie versucht, mitzuspielen, aber die Igel mussten das irgendwie falsch verstanden haben. Behutsam näherte sie sich ihnen, rief leise «Hallo», vor Aufregung mochte ihr wohl ein Schnauber dazwischen geraten sein – plötzlich aber waren die Igel keine Igel mehr, sondern seltsame stachlig-runde

Kugeln. Und als sie sie mit der Pfote liebevoll umdrehen wollte, um nachzusehen, wo denn die Igel nun geblieben waren, da tat ihr die Pfote furchtbar weh, und ihre kleine Schnauze blutete.

Leise jammernd verkroch sie sich in die Höhle, steckte die Pfote in die Schnauze und leckte sie und als der Schmerz endlich nachließ, rollte sie sich zusammen, legte den Kopf auf den Drachenschwanz und weinte ein bisschen.

Seitdem begnügte sich der kleine Drache damit, dem fröhlichen Spiel der Igel zuzusehen – und wenn es ihr allzu schwer wurde, das Glück der kleinen Familie zu beobachten, die Einsamkeit in ihr brannte, dann machte sie einfach die Augen zu. Nur ab und an blinzelte sie vorsichtig aus dem rechten Auge hervor, warf einen langen und sehnsüchtigen Blick auf die glücklichen Igel – und machte ihr Auge mit einem langen, tiefen Seufzer wieder zu …

Ja, manchmal war sie sehr unglücklich, der kleine Drache, und unzufrieden mit ihrem Leben – und sie spürte es in ihrem Herzen. Und dies war genau das, was sie von allen anderen Drachen unterschied.

Und das ist der Grund, warum ich ihre Geschichte überhaupt erzähle – denn einsame, fauchende Drachen, die sich mit einem solchen Leben zufriedengeben, gibt es schließlich genug auf der Welt, und sie sind des Erzählens nicht wert.

Bei unserm kleinen Drachen sollte es doch ein bisschen anders kommen …

s war in einem Herbst, dass alle Anzeichen auf einen harten und langen Winter hindeuteten. Schon im September bedeckte morgens Reif die Gräser, die Schwalben waren früher als gewöhnlich gen Süden aufgebrochen, und zeitig begannen sich die Blätter zu färben.

Seufzend holte der kleine Drache noch eine Extraladung Heu und Stroh und polsterte die Höhle sorgsam für den Winterschlaf.

Es war ungewöhnlich kalt für die Jahreszeit, und der kleine Drache zitterte vor Kälte, als sie ihre Runde um die Höhle machte, um ein letztes Mal nach dem Rechten zu sehen. Dabei fauchte und knurrte sie gewaltig – sie mochte den Winter nicht besonders.

«PPPrrrrrruuuuuuuuu!!!!!», das war ein besonders lauter Schnauber, mit dem sie die Tür vor ihrer Höhle zuzog. Sie kuschelte sich auf ihrem Lager zurecht und schon im Halbschlaf rutschte ihr die rechte Vorderpfote ins Maul.

Und während draußen grimmig der Winter seinen Einzug hielt, der alten Eiche unter der Schneelast ein großer Ast brach, Rehe und Fuchs im Wald bitterlich froren, schlief unser kleiner Drache friedlich dem Frühjahr entgegen, warm und geborgen… und nur gelegentlich lief ein Seufzer durch ihren Körper oder zuckte ein Ohr…

 ielleicht war es in diesem Winter besonders kalt, vielleicht war im vergangenen Sommer ganz besonders viel Sehnsucht in ihrem kleinen Drachenherzen gewesen – jedenfalls träumte sie in diesem Jahr einen Traum, den sie noch nie zuvor geträumt hatte.

Es war ein schöner, warmer Frühlingstag, so träumte sie, und sie lag auf einer großen sonnigen Wiese, glücklich und zufrieden, ein Gänseblümchen in der Schnauze. Um sie herum aber tummelten sich viele, viele Tiere, die spielten und sich ihres Lebens freuten.

Und – oh, war das ein schöner Traum! – sie spielten auch mit ihr. Sie zogen sie an ihrem Drachenschwanz, und sie musste raten, ob es das kleine Wildschaf oder der lustige Biber gewesen war; ein kleines Eichhörnchen bewarf sie mit Eicheln und machte «buh!», um sie, spaßeshalber natürlich nur, zu erschrecken, und der kleine Drache machte «buhbuh!» zurück und tat so, als ob sie furchtbar erschrocken sei.

Auf ihrem Rücken hockte eine alte Eule und schlief, nur manchmal wackelte sie ein bisschen, wenn der kleine Drache über irgendetwas lachen musste und ihr Körper bebte. Dann öffnete die Eule verschlafen ein Auge und schaute wohlwollend auf das junge Volk um sie herum, um dann wieder weiterzuschlafen.

Die drei kleinen Waschbären hatten einen großen Eimer mit Haselnussöl herangeschleppt und rieben damit den Schwanz des Drachen ein, so dass er schön glitschig wurde – und rutschten nun mit lautem Gelächter den Schwanz hinunter.

Ja, da war eine ganze Menge Leben um unseren kleinen Drachen herum – und sie war glücklich. Sie fühlte sich nicht mehr einsam, und ihre tiefen, dunklen Augen, die früher oft so traurig dreinsahen, hatten einen herrlichen Goldschimmer bekommen.

Das Allerallerschönste in ihrem Traum jedoch war eine kleine schwarzweiß gefleckte Katze mit Dreiecksohren und einer rosa Schnauze mit genau neun Schnurrbarthaaren, vier links, fünf rechts. Sie lag gemütlich eingekringelt zwischen den Vorderpfoten des kleinen Drachen und schnurrte vor sich hin – und dem Drachen wurde es ganz warm ums Herz.

Doch, das war wirklich ein schöner Traum…

er kleine Drache blinzelte und rieb sich die Augen. Sie versuchte, sie noch ein wenig weiter zu öffnen, aber es blieb dunkel. Sie schnupperte vorsichtig zwischen ihren Vorderpfoten – sie roch keine Katze, spürte kein Fell …

Draußen war es Frühling geworden, und in ihrer Höhle erwachte der kleine Drache aus ihrem so schönen Traum. Und zum ersten Mal in ihrem Leben war sie bereits im Frühling traurig – sie ahnte, dass es einen sehr einsamen Sommer für sie geben würde, ohne Wildschaf und Biber, ohne Eule und die lustigen Waschbären – und ohne Katze … Mit diesem Traum im Herzen würde ihr Leben nie wieder so sein, wie es einmal gewesen war. Und eine kleine Träne lief ihr die Schnauze herab. «Seufz», sie stieß schließlich die Höhlentür auf, guckte grimmig in die Sonne, die schon ihre wärmenden Strahlen auf die Erde schickte und machte so laut und verärgert «PPPPrrrrruuuuuuu!!!!», dass die Bienen, die um die Märzenbecher und Weidenkätzchen summten, vor Schreck in ihren heimatlichen Bienenstock flüchteten.

**er** kleine Drache war furchtbar schlecht gelaunt und traurig dazu – unzufrieden mit sich und der Welt und ihrem Drachenleben.

Sie kümmerte sich nicht mehr um ihre Höhle und ihre Alltagspflichten, sondern oft lag sie einfach nur da, träumte ihrem schönen Traum hinterher und spürte die Sehnsucht.

Sie magerte ab, die Ohren hingen missmutig herunter, und die Dampfwolken, die früher so schön aus ihren Nüstern gekommen waren, bestanden nur noch aus kleinen Wölkchen – es war traurig anzusehen ...

ag für Tag verging, der Sommer zog ins Land. Der kleine Drache spürte, dass es so nicht weitergehen konnte. Sie wartete darauf, dass etwas geschah, aber es geschah nichts. Und ihr wurde allmählich klar, dass sich nichts in ihrem Leben ändern würde, wenn sie nicht irgendetwas tun würde. Alt und grau und traurig konnte sie in ihrer Höhle werden – das aber wollte sie nicht.

Was aber dann? Hm, schwierige Frage, dachte der kleine Drache, setzte sich auf ihre Hinterpfoten, stützte den Kopf in die rechte Vorderpfote und kratzte sich mit der linken hinter dem Ohr. Sie musste jetzt nachdenken.

Ob es diese Wiese aus ihrem Traum tatsächlich irgendwo gab? Und ob dort Tiere wären, die mit ihr spielten, und eine Katze, die so schön schnurren konnte?

Wie aber kam man zu dieser Wiese? Das wusste sie auch nicht, jedenfalls – hier in ihrer Höhle war sie ganz bestimmt nicht. Also – weggehen, die Wiese suchen? Warum nicht?

«Pprruuu! Pprruuu! Pprruuu!», vor lauter Aufregung schnaubte sie unablässig vor sich hin, so dass die alte Eiche richtig erschrak. Als sie schließlich selbst vor lauter Nebel und Dampf nichts mehr sah, wedelte sie mit der Pfote, um sich den Überblick zu verschaffen, und sah sich um. Das war eine hübsche Wiese, sicher, sie war ihr jahrelang Heimat gewesen – aber es war eben nicht die Wiese aus ihrem Traum. Und in ihrem Kopf tauchten wieder die vielen Tiere auf, die mit ihr spielten und um sie herumtanzten, und die kleine Katze sah sie unverwandt an, als wolle sie sagen «Komm doch» ...

Ja, dachte der kleine Drache, ich breche auf und suche diese Wiese. Hoffnung und Zuversicht machten sich in ihr breit – und so packte sie ihr Bündel und legte sich, vielleicht zum letzten Mal, auf ihrem Lager in der Höhle nieder. Vor lauter Aufregung konnte sie kein Auge zutun – was würde sie wohl alles erwarten? Ein klein wenig bang war ihr schon zumute. Was sie aufgab, das wusste sie, ihre Höhle, das weiche Lager, die vertraute Umgebung, in der sie sich zurechtfand. Vor ihr lag Unbekanntes und Unsicheres… möglicherweise Abenteuer und Gefahr. Vielleicht würde sie aber auch etwas finden, was sie glücklich machen würde. Sie zauderte – und doch war ihr klar, dass sie nicht länger bleiben konnte, sie musste es riskieren. Sie würde ihren Traum nie mehr vergessen können – und wenn sie jetzt nicht losging, um es wenigstens zu versuchen, würde sie sich ihr Leben lang Vorwürfe machen. Vielleicht war er ja doch wahr – dieser Traum vom Leben.

Und beim allerersten Sonnenstrahl warf sie sich ihr Bündel über die Schulter und brach auf…

… um sofort wieder anzuhalten. Konnte sie denn einfach so losgehen? Wer würde nach ihrer Höhle schauen? Ein wenig verantwortlich fühlte sie sich da schon. Und eigentlich musste doch der große Drachenchef auch wissen, dass sie ging. Sie schluckte einmal tief – aber sie spürte, sie konnte sich nicht so einfach davonmachen.

Sicher, das war kein Leben, wie sie als Drachen es führen mussten – der Sinn des Daseins konnte doch nicht nur im Schnauben, Fauchen und Schrecklichsein liegen. Aber wenn nun jeder einfach klammheimlich davonlief, um auf seine Art das Glück zu suchen, dann würde sich da nie etwas ändern. Auch Drachen haben ein Recht darauf, glücklich zu sein!

(Für einen Drachen waren das alles wirklich sehr revolutionäre Gedanken – aber das kommt vielleicht davon, wenn man träumt und nachdenkt, der Sehnsucht einen Platz in seinem Herzen einräumt, sich mit dem Vorgegebenen nicht zufriedengeben mag – und sich auf die Suche machen will …)

Der kleine Drache spürte, dass sie all dies dem Drachenchef sagen musste. Wer sonst sollte es denn tun?

Sie zweifelte zwar daran, dass gerade sie es schaffen würde, den alten Drachen zu überzeugen – aber sie wollte es wenigstens versuchen. Mutig und entschlossen trabte der kleine Drache los, der Höhle des Drachenchefs entgegen.

er alte Drache war vielbeschäftigt, und es war gar nicht einfach, bei ihm einen Termin zu bekommen. Als der kleine Drache aber den Grund ihres Besuches angab, wurde sie sofort vorgelassen.

Sie war jetzt doch unsicher, als sie vor dem alten, narbigen Drachen stand. Alle Drachen hatten Angst vor dem «Alten», und sie vermieden möglichst jede Begegnung mit ihm – man wusste nie, wie sie ausging... Sein giftig-schwefeliger Mundgeruch nahm einem fast den Atem, und man erzählte sich, dass sein Fauchen, wenn er verärgert war, fast das Trommelfell zum Platzen bringen konnte.

Der Alte sah den kleinen Drachen prüfend an, deren Herz ziemlich bebte – ein Glück nur, dass man das nicht sah. «So – du willst also deinen Posten verlassen? Bist wohl zu schwach und zu jung für diese Aufgabe, wie?» dröhnte seine tiefe Stimme. «Nein, nein, das pack ich schon», widersprach der kleine Drache tapfer. «Ja, was ist es dann?», fragte der Alte erstaunt. «Ich will mich auf die Suche machen...», flüsterte der kleine Drache – sie ahnte, dass es wohl besser wäre, die Sache mit dem Traum und der Katze unerwähnt zu lassen, der Alte würde sie wahrscheinlich ohnehin schon für verrückt erklären. «Papperlapapp!», fuhr sie der alte Drache prompt an, «da gibt es nichts zu suchen. Du weißt, wo deine Höhle ist und was du zu tun hast. Schließlich bist du ein Drache…» – «Alter Drache», erwiderte sie, langsam ihr Pfotenzittern unter Kontrolle bekommend, «ich möchte gerne glücklich sein. Ich möchte mit anderen Tieren zusammen singen und spielen, tanzen und arbeiten, feiern und auch traurig sein. Wenn ich nur einsam in meiner Höhle sitze, meine Pflicht tue, schrecklich dreingucke – nein, das ist es nicht, was ich suche…» – «Jetzt hört euch nur die Kleine an», höhnte der alte Drache laut, «meint, sie habe die Weisheit mit Löffeln gefressen und will uns alte Drachen belehren, was Glücklichsein ist.

Hör zu – solange man sich erinnern kann, haben Drachen alleine in Höhlen gelebt und waren glücklich und zufrieden damit, ihren Pflichten ordentlich nachzukommen. Spielen, tanzen, singen, feiern – so

ein Quatsch! Ein Drache singt, tanzt und spielt nicht! Ein Drache faucht und schnaubt und macht anderen Angst – das ist der Sinn deines Lebens. Es scheint mir, du musst noch viel lernen! Also, Schluss mit dem Unsinn. Du gehst sofort zurück in deine Höhle und hältst sie gefälligst besser in Ordnung, als du es die letzten Monate getan hast!» Und der alte Drache machte eine Pfotenbewegung, die dem kleinen Drachen zeigen sollte, dass er damit das Gespräch für beendet hielt. Doch sie nahm ihren ganzen Mut zusammen, holte tief Luft und rief: «Sie haben sicher in Ihrem ganzen Leben noch nie gesungen, gespielt und getanzt, bestimmt haben Sie auch nie gelacht und sich Ihres Lebens gefreut. Ob Sie sich wohl einmal eingestanden haben, wie einsam Sie waren, welche Sehnsucht Sie hatten? Sie sind alt geworden – aber ob Sie jemals glücklich waren?», und etwas leiser fügte sie hinzu: «Sie tun mir leid …»

Der alte Drache schaute sie sprachlos an – so was hatte ihm noch niemand zu sagen gewagt. Der kleine Drache schluckte einmal und bemühte sich, den fassungslosen Blick des Alten zu übersehen. Sie gab ihrer Stimme einen entschiedenen Klang und sagte: «Ich jedenfalls werde mich auf die Suche machen!», packte ihr Bündel und verließ mit raschen Schritten die Höhle.

raußen setzte sie sich erstmal unter einen Baum, wischte sich den Schweiß von der Stirn und versuchte, ihr flatterndes Herz zu beruhigen. Puh, das hatte doch ganz schön Kraft gekostet.

Vereinzelt drangen Wortfetzen durch die dicke, gepolsterte Höhlentür. Der alte Drache hatte sich von seiner Sprachlosigkeit erholt und tobte ziemlich. «Vergnügungssüchtiges Mädchen», hörte der kleine Drache einmal heraus und «glücklich sein – Unsinn… sich auf die Suche zu machen, so ein Quatsch…»

Das machte ihr keine Angst mehr. Was sie tun konnte, um es ihm zu erklären, hatte sie getan. Es war vielleicht nicht vollkommen gewesen, wie sie es ihm gesagt hatte – aber sie hatte bisher ja auch wenig Gelegenheit gehabt, sich im Reden zu üben. Dass der alte Drache sie nicht verstanden hatte, machte sie zwar traurig – aber jetzt musste sie erstmal mit sich ins Reine kommen, musste herausfinden, ob es das, was sie suchte, wirklich gab – und ob kleine Drachen darin glücklich werden konnten…

Der erste Schritt war getan, und sie war froh, dass sie dieses unangenehme Gespräch hinter sich hatte. «Pprruuu», seufzte sie erleichtert, jetzt konnte es richtig losgehen – und entschlossen warf sie sich ihr Bündel über die Schulter und trabte los, hinein in den dunklen Wald, den schmalen Pfad entlang, den sie im hereinbrechenden Dunkel gerade noch erkennen konnte.

Sie merkte, dass sie müde war – der Tag war doch anstrengend gewesen – und so suchte sie sich ein weiches Moospolster, kuschelte sich hinein, ihr Bündel unter dem Kopf. Die Nacht war ihr vertraut, und so sah sie zufrieden zu den Sternen hinauf, blinzelte dem honiggelben Mond zu – und schlief ein.

ogelstimmen weckten sie – und etwas verwirrt erwachte der kleine Drache. Wo war sie denn nur? Ach ja, die Ereignisse des letzten Tages fielen ihr wieder ein. Sie setzte sich auf, schaute neugierig herum – und kratzte sich dann nachdenklich am Kinn.

Sich auf die Suche machen … die Wiese, die Katze – aber wohin musste sie da eigentlich gehen? Wo, um alles in der Welt, war das? Na, das fing ja gut an. Der alte Drache würde sicher furchtbar lachen, wenn er sie hier sitzen sähe – und allein dieser Gedanke reichte aus, dass der kleine Drache ihr Bündel packte und losging. Denn eines war klar, beim Sitzenbleiben würde sie ihre Wiese auf gar keinen Fall finden – und vielleicht traf sie ja unterwegs jemanden, den sie fragen konnte.

An einem kleinen See machte sie halt. Sie wusch sich den Staub vom Gesicht und versuchte, die wenigen Stirnhaare ordentlich zu scheiteln. Das war immer ein bisschen schwierig, weil sie ziemlich eigenwillig waren – aber schließlich war sie ganz zufrieden mit sich und ihrem Aussehen und dachte verschmitzt, «so, jetzt kann die Katze kommen…» Tatendurstig sah sie sich am kleinen See um – irgendwo war doch bestimmt jemand, den man fragen konnte. Aber sie konnte niemanden entdecken. Na gut, dachte sie, geh ich halt mal weiter…

er Wald nahm und nahm kein Ende – und von Wiesen war überhaupt nichts zu sehen. Langsam wurde es Mittag, und in dem kleinen Drachen machte sich zunehmend Unsicherheit breit. Die Pfoten taten ihr weh, sie hatte Hunger – und keine Spur von dieser Wiese.

Halt, saß da nicht etwas auf dem Eichenbaum? Der Drache schaute nochmals genauer hin, ja, da saß ein schwarzer, seltsamer Vogel, eine Brille auf dem Schnabel, tief in einem Buch versunken, das er gerade las. Der kleine Drache war froh, das war bestimmt ein ganz gelehrter Vogel, der ihr sagen konnte, wie sie zu dieser Wiese kommen könnte. Und so lief sie schnell zu dem Baum hinüber und klopfte höflich an den Stamm: «Hei, Freund, darf ich dich mal stören?» – «Du tust es bereits», knurrte es ungnädig von oben herab, ohne dass der Vogel seinen Blick vom Buch wendete. «Was willst du denn?» Na, viel Interesse scheint er nicht an mir zu haben, wenn er mich nicht mal anguckt, dachte der kleine Drache, fragte dann aber doch: «Ich suche etwas, weißt du, wo ich es finden kann?» – «Lies», sagte der Vogel einsilbig, immer noch in seine Lektüre vertieft, und «da» – mit seinem rechten Bein krallte er unter einem großen Blatt ein Buch hervor und warf es dem Drachen hinunter. Sie schaute verständnislos, griff dann aber doch danach. «Die Kunst des Lebens» stand in kunstvollen goldfarbenen Lettern darauf, und der Drache dachte, na, da find ich bestimmt was, das mir weiterhilft.

Sie suchte sich ein bequemes Plätzchen und fing an zu lesen. Den Überschriften nach zu urteilen, war es nicht uninteressant: «Selbstentfaltung» stand da (sie dachte sofort an Schmetterlinge, aber die schien der Verfasser nicht gemeint zu haben) und «Theorie des Lebens» (oh, so was gab es?). Der kleine Drache blätterte hin und her, las lustlos – und je länger sie las, desto unsicherer wurde sie. Das hörte sich alles ganz gut an, der Verfasser schien auch einiges vom Leben zu verstehen, den vielen Rezepten nach zu urteilen – aber Drachen kamen in dem Buch überhaupt nicht vor, und eine Wegbeschreibung zu ihrer Wiese konnte sie auch nicht finden. Das alles half ihr nicht weiter. So klappte sie das Buch wieder zu und lief zum Baum und dem gelehrten Vogel zurück. «Entschuldige», rief sie zu dem Vogel hinauf. «Was willst du denn jetzt schon wieder? Ich lese, das siehst du doch!» – «Du verstehst doch bestimmt einiges vom Leben, wenn du so viel liest. Sag mir bitte – wie kann ich glücklich werden?» – «Das Leben steht in Büchern beschrieben. Lies... und lass mich jetzt in Ruhe. Ich muss noch dreiundsechzig Bücher lesen.» Das Leben steht in Büchern beschrieben? dachte der kleine Drache – das konnte ja schon so sein... aber eigentlich wollte sie nicht über das Leben lesen, sondern selber etwas erleben.

Vielleicht meinte dieser gelehrte Vogel mit «Leben» doch ein wenig was anderes als sie. Und so zog sie es vor, das Buch an den Stamm zu lehnen, ein höfliches «Danke» hinaufzurufen, ihr Bündel zu packen und weiterzuziehen.

Müde und lustlos trabte sie den Waldpfad entlang. Diese Begegnung war wohl nicht sehr hilfreich für ihre Suche gewesen.

lötzlich hielt sie inne, die Ohren gespitzt. Sie hatte ein Geräusch gehört – ein vielstimmiges, fiepsiges Gelächter. Von da drüben war es gekommen, und so schlich sie sich vorsichtig näher. Was sie sah, überraschte sie: Auf einem freien Fleck auf dem Waldboden liefen wohl an die dreißig Mäuse wie irrsinnig im Kreis herum, lachten laut, alberten, jagten sich und ließen sich fangen. Oh, sie spielen, dachte der kleine Drache entzückt – da kann ich bestimmt mitspielen.

In diesem Moment kehrte Ruhe ein in der quirligen Mäuseschar... und eine helle Mäusestimme quiekste: «Und was spielen wir jetzt?» – «Ach, ich weiß was», rief eine Maus, «wir spielen: ‹Wer hat Angst vorm bösen Drachen?› – kennt ihr das?» Ein zustimmendes Gejohle, und die Mäuse begannen erneut, wie wild umherzujagen.

Der kleine Drache glaubte, nicht recht gehört zu haben: Wer hat Angst vorm bösen Drachen? Es schien ihr wenig sinnvoll, sich zum Mitspielen anzubieten – die Rollen waren eindeutig verteilt. Und doch, sie musste zugeben, sie war verletzt. Wie konnte man nur so was spielen? Egal – hier jedenfalls wollte sie nicht mitspielen, alles, was recht war. Und so kehrte sie zum Waldpfad zurück, das helle Fiepsen immer noch im Ohr.

edankenverloren lief sie den Pfad entlang – ob sie ihre Wiese wohl finden würde? Und ob die kleine Katze… – jäh wurde sie aufgestört. Etwas flitzte auf sie zu, fuchtelte aufgeregt mit den Armen und rief: «Heh, mach Platz, ich hab's eilig!» Verdutzt blieb der kleine Drache einfach stehen, und da der Pfad ziemlich schmal war und der kleine Drache trotz ihrer Abmagerung nicht gerade gertenschlank, zwang sie unabsichtlich das heransausende Etwas zum Anhalten. «Hallo», sagte der kleine Drache nett. «Weg da – ich muss zu einer Konferenz!» Eine Konferenz? Das Wort hatte der kleine Drache noch nie gehört, und so vergaß sie ganz, dem anderen aus dem Weg zu gehen. «Eine Konferenz – was ist das?» – «Da trifft man sich, um über das Leben zu diskutieren», gab der andere hastig zur Antwort, schlängelte sich am kleinen Drachen vorbei, die noch immer mitten auf dem Weg stand, und sauste auf der anderen Seite weiter, nun wieder freie Bahn vor sich.

Der kleine Drache schüttelte den Kopf. Es gab anscheinend Dinge in dieser Welt, die sie nicht so ganz verstand. Aber gut – das Etwas war weg, sie konnte es nicht mehr fragen.

Der Pfad schien sich endlos weiterzuschlängeln – und der kleine Drache beschloss, sich nach einem Schlafplatz umzusehen. Für heute hatte sie genug erlebt, ein wenig ausruhen würde jetzt sicher gut tun. Ein Ginsterstrauch lud sie regelrecht ein, und in seinem Schutz ließ sie sich nieder und machte es sich bequem. Sie knabberte an einem Stück Brot – und fragte sich doch allmählich, ob das mit dem Weggehen wohl eine gute Idee gewesen sei – aber da war sie dann auch schon eingeschlafen …

m nächsten Morgen erwachte sie hoffnungsvoll... heute, dachte sie, heute werde ich ganz bestimmt die Wiese finden...

Der Schlaf hatte ihr die Zuversicht wiedergegeben, und so guckte sie ganz zufrieden in die Welt, als sie nach einem kleinen Frühstück wieder lostrabte.

Der Pfad verbreiterte sich allmählich, die Bäume traten etwas zurück – und der kleine Drache war ganz gespannt, was da wohl kommen würde. Und es kam wirklich etwas – eine Kreuzung. Ein Weg querte den Pfad, den der kleine Drache bisher gegangen war – und unschlüssig hielt sie inne. Welcher Weg war jetzt wohl der richtige? Sie lief jeweils ein paar Meter in die Wege hinein, kehrte wieder um... was sollte sie nur tun? Sie war ratlos, wusste nicht mehr weiter. Es gab keinerlei Anzeichen, die für den einen oder den anderen Weg sprachen, und so verließ sich der kleine Drache schließlich ganz auf ihr Gefühl...

Der Weg, für den sie sich entschieden hatte, führte in einen dunklen Tannenwald, und ihr wurde ein wenig unheimlich zumute. Aber tapfer lief sie weiter – ob sie die Wiese finden würde? Ob ihr Gefühl richtig gewesen war? Umdrehen – das ging nicht mehr, und so lief sie weiter, Zweifel im Herzen …

angsam lichtete sich der Wald, und der kleine Drache atmete auf. Da hinten, der helle Fleck, das war bestimmt die Wiese, und da waren die Tiere und die Erfüllung ihres Traumes... Sie trabte ein wenig schneller, vergaß ganz die Blasen an den Pfoten – und blieb, ganz stumm vor Freude, am Waldrand stehen.

Ja, das war die Wiese aus ihrem Traum – und da waren die Eichhörnchen, die Rehe und das kleine Wildschaf ästen friedlich, dort an dem kleinen See entdeckte sie den Biber und die Waschbären. Nur die kleine Katze konnte sie nirgends entdecken, aber sie konnte bestimmt nicht weit sein.

«Endlich...», dachte der Kleine Drache, und ein ganz tiefes Glücksgefühl erfüllte sie. Langsam trat sie auf die Wiese hinaus.

«Ppprrruuuuu!!!» machte sie freudig, und alle Tiere erstarrten und schauten zu ihr hinüber. Eine seltsame Stille hatte sich über die Wiese gelegt, sogar die Blätter der Bäume hatten zu rascheln aufgehört. Der kleine Drache aber merkte die Spannung nicht, die da mit einem Mal in der Luft hing. Sie lief auf die Wiese hinaus, die Vorderpfoten weit ausgebreitet und rief: «Hallo, ich mag mit euch spie...», – da war die Wiese aber auch schon leer, kein Tier mehr zu sehen.

Bestürzt schaute sie sich um ... was war jetzt los? Sie war so froh gewesen, endlich am Ziel zu sein, hatte mitspielen wollen ...

Enttäuscht ließ sie die Ohren hängen und schlurfte zum Waldrand zurück, wo sie vor lauter Freude vorhin ihr Bündel fallengelassen hatte. Sie ließ sich an einem Baum nieder, schaute auf die leere Wiese und dachte nach.

Hm, ob sie die Tiere wohl erschreckt hatte? Das konnte natürlich sein ... es geschah vielleicht nicht oft, dass ein Drache mitspielen wollte. Doch, der Gedanke leuchtete ihr ein, und je länger sie darüber nachdachte, umso verständlicher schien ihr das Verhalten der Tiere zu sein. Dabei hatte sie sie doch gar nicht erschrecken wollen – sie musste es also irgendwie anders machen ...

Solange sie hier saß, würden die Tiere jedenfalls nicht wiederkommen – so versteckte sie sich in einem Gebüsch, von dem sie einen guten Blick auf die Wiese hinaus hatte.

Wie konnte sie es nur anstellen, dass die Tiere Vertrauen zu ihr fassen könnten? Vielleicht – wenn sie sich ganz, ganz vorsichtig anschleichen würde, immer ein Stückchen näher, so allmählich, dass die Tiere es gar nicht merken würden? Und wenn sie dann einfach da war, dann würden die Tiere schon merken, dass sie nur mitspielen wollte. Sie dachte alles noch einmal genau durch – doch, so müsste es gehen.

nterdessen hatten sich die Tiere wieder auf die Wiese gewagt und schauten sich nur noch gelegentlich scheu um.

Jetzt, dachte der Drache – und behutsam robbte sie aus ihrem Gebüsch hervor. Zentimeter für Zentimeter kämpfte sie sich voran – ob es ihr wohl gelingen würde?

Das Kribbeln in ihrem Bauch wurde immer stärker… wieder ein Stückchen weiter, ganz vorsichtig, bloß nicht schnaufen. Sie hielt den Atem an – es klappte!

Gleich würde sie aufstehen können und wie selbstverständlich mitspielen, als ob sie immer schon dabei gewesen wäre.

Voll Vorfreude sah sie den Waschbären zu, die sich übermütig quer über die Wiese jagten – doch, halt, was war das? Da kam doch ein Waschbär direkt auf sie zu – war sie entdeckt worden? Vorsichtshalber duckte sich der Drache noch ein wenig tiefer ins Gras.

Der Waschbär schien sie nicht zu sehen, den Blick über die Schulter auf seine Verfolger gerichtet, rannte er einfach drauflos – und mitten in den kleinen Drachen hinein. «Au», rutschte es ihr heraus, der Waschbär quiekte vor Schreck und starrte völlig entgeistert das grüne Etwas an, bis langsam Verstehen in seine Augen trat, und er schrie laut: «Heh, der Drache ist wieder da...» und jagte gleichzeitig mit größter Geschwindigkeit quer über die Wiese davon.

Mit einem Schlag war die Wiese wieder leergefegt – und der kleine Drache schlug mit der Vorderpfote auf den Boden: «Mist», knurrte sie. Ärgerlich erhob sie sich, die Idee konnte sie nun auch vergessen – die Tiere würden zukünftig sehr wachsam auf »große, grüne Steine« achten.

Ratlos und traurig schlich sie zu dem Gebüsch zurück – warum war das denn alles nur so schwierig? Warum ging es nicht, dass sie einfach zu den anderen Tieren hinging und sagte: «Guten Tag, ich bin ein Drache, und ich möchte gerne bei euch mitspielen...»

Ihre Augen wurden feucht, sie schluchzte leise – und dann weinte der kleine Drache das erste Mal in ihrem Drachenleben hemmungslos vor sich hin.

er kleine Drache lag schniefend im Gebüsch. Ihr Herz war leergeweint, sie schluchzte nur noch zitternd. Sie hatte sich das alles ganz anders vorgestellt.

Sie wollte so gern nett zu den anderen sein, aber das schienen die nicht zu verstehen – oder sie konnte es nicht richtig zeigen. Sie hatte das Gefühl, dass die Tiere Angst vor ihr hatten, soviel Angst, dass sie ihr nicht mal zuhörten.

Verflixt nochmal, dachte sie, mag ja sein, dass ich gefährlich aussehe – aber ich bin doch gar nicht gefährlich ... ich will doch niemandem was Böses tun.

Aussehen – hm, wenn sie nun an ihrem Aussehen was ändern würde? Wenn sie die anderen nicht gleich als Drache erkennen würden? Dann hatte sie vielleicht Gelegenheit, den anderen zu zeigen, wie nett sie doch war ...

Dieser Gedanke fesselte den kleinen Drachen so sehr, dass sie sich auf die Vorderpfoten erhob und prüfend die Umgebung musterte. Verkleiden ... irgendwas anziehen, womit man nicht auffällt ... die wiedergefundene Hoffnung schärfte ihren Blick: sie sah plötzlich Moosplacken und Äste, Blumen, Gräser und Zweige ...

Und, plötzlich wieder ganz lebendig, riss sie kurz entschlossen eine lange Efeuranke ab, schlang sie sich mehrmals um den Körper und steckte Äste mit Blättern hinein. Die Lücken verdeckte sie mit Gräsern, ganz dicht, so dass kein Quadratzentimeter Haut mehr hervorlugte, und verschönerte das Ganze schließlich noch mit ein paar Blumen, um etwas gefälliger auszusehen. Einige besonders lange Äste hatte sie so festgezurrt, dass sie die Schnauze und den Schwanz verdeckten – und als besonderen Trick nahm sie ein großes Farnblatt kokett als Fächer in die linke Pfote. Zufrieden schaute sie an sich hinunter – jetzt würde sie niemand erkennen. Sie erhob sich auf die Hinterpfoten, wedelte nett mit dem Farnblatt und trat hinaus auf die Wiese, wo die Tiere schon wieder friedlich spielten. Sie hoben die Köpfe, als das seltsame Wesen sich ihnen näherte. Sie sagten kein Wort, aber sie rannten auch nicht weg – und nur das zählte ja. «Hallo», flötete der Drache in

der höchsten Tonlage, derer sie fähig war, «ich mag mit euch spielen…» Die Tiere standen immer noch regungslos da – bis das Eichhörnchen plötzlich lauthals loslachte, sich auf der Erde hin und her kugelte, den Bauch hielt, und mit der Pfote auf den Drachen zeigte.

Der kleine Drache fühlte sich unbehaglich – aber wenigstens entspannten sich die Gesichter der Tiere um sie herum. Das Eichhörnchen lachte immer noch, versuchte aber, sich zusammenzunehmen, und stieß endlich prustend hervor: «Es ist – hahahaha – es ist der Drache – hahahahahaha…» Sofort machten die Tiere zwei Schritte zurück und sahen sich das grüne Wesen genauer an. Klar, wie hatten sie es nur übersehen können, das war doch tatsächlich dieser Drache, der sie andauernd schon belästigte. Und es war wirklich zum Lachen: Schwanz und Schnauze ragten vorwitzig aus dem Grün heraus, dicke Pfoten standen kräftig unter zartem Blattwerk auf dem Boden, und gerade jetzt entwich ihren Nüstern eine kleine Dampfwolke, die der kleine Drache einfach nicht mehr bei sich behalten konnte. Und als sie so in der Runde umherschaute, erstarrte sie – alle, aber auch alle Tiere bogen sich vor Lachen, hielten sich den Bauch und zeigten auf sie.

Groll stieg in ihr hoch. Sie konnte ja vieles ertragen – aber ausgelacht zu werden, das war zu viel. So hatte sie es sich nicht erträumt. Sie wollte sich nicht zum Gespött anderer machen, nur um mitspielen zu können – nein, lieber blieb sie allein und einsam. Was bildeten die sich hier eigentlich ein … wenn sie niemand ernst nehmen wollte, nun gut.

Zornig riss sie sich die Verkleidung vom Leib, erhob sich auf ihre Hinterpfoten und schnaubte, so laut sie konnte «PPPPPRRRRRRUUUUUUU!!!!!!!!!!». Sie hatte jetzt, im wahrsten Sinne des Wortes, die Schnauze voll. Als der Dampf ganz dicht um sie waberte, trabte sie zum Wald, ohne auch nur einen Blick auf die Wiese zurückzuwerfen.

Sie suchte im Dickicht ihr Bündel, warf es sich über die Schulter, schüttelte den Staub von den Pfoten und lief in den dunklen Wald hinein.

Aus, Schluss, sie wollte nicht mehr. Sie gab auf – heimkehren, Ruhe in ihr Drachenherz einkehren lassen, die Idee mit dem Traum aufgeben. Vielleicht hatte der Drachenchef doch recht gehabt. Aber die Katze, was war mit der Katze? Sollte das wirklich nur ein Traum gewesen sein? Müde war sie plötzlich, so furchtbar müde. Nur noch mühsam stapften ihre Pfoten den Waldweg entlang, bleierne Gewichte hingen an den Beinen, der Schwanz schleifte auf dem Boden – und sie sehnte sich nur noch danach, zu schlafen, die Welt und die Sache mit der Wiese zu vergessen. Sie stolperte, fiel hin und entschloss sich, einfach liegenzubleiben.

s war finsterste Nacht, als sie aufwachte, und sie fror auf einmal erbärmlich. Sie holte die selbstgestrickten Socken aus ihrem Bündel und zog sie an die Pfoten – und als auch das noch nicht half, wickelte sie schließlich ihre Winterschlafdecke um sich ... hellwach war sie jetzt – und sie wusste, sie würde nicht wieder einschlafen können. So lehnte sie sich mit dem Rücken gegen einen Baum und sah in das Dunkel der Nacht hinein.

Ja, sie gab auf – nichts von dem, was sie sich erträumt hatte, hatte sie gefunden. Mut und Zuversicht hatten sie verlassen, der ganze Drache war nur noch Verzweiflung. Wie schön war doch ihre Höhle gewesen ... Ob die alte Eiche noch lebte? «Warum bin ich bloß weggegangen?», fragte sie plötzlich laut in die Stille hinein. «Krächz», antwortete es aus dem Baum heraus. Der kleine Drache erschrak und sah nach oben. Zuerst entdeckte sie nicht, woher die Stimme gekommen war, dann aber nahm sie zwei kleine grünlich leuchtende Punkte im dichten Blattwerk wahr. «Wer ist da?», fragte sie vorsichtig – man konnte ja nie wissen, und verunsichert war sie mittlerweile wirklich genug...

«Ich bin Bara, die Eule», krächzte es von oben herab – mindestens genauso vorsichtig... und «was machst du denn hier an meinem Baum?», fragte sie. «Och», sagte der kleine Drache, «ich war eingeschlafen und jetzt...» – «Jetzt?», fragte die Eule. «Ach, das ist eine lange Geschichte... weißt du...», sagte der Drache traurig. «Ich bin ein Drache, und ich habe eine Wiese und einen Traum gesucht. Aber ich glaube, die Idee war nicht besonders gut...». Die Stimme der Eule wurde etwas teilnahmsvoller: «Warum denn?» – «Ach, ich habe mir das alles etwas einfacher vorgestellt – und jetzt frag ich mich grad, was wohl meine Höhle daheim macht...» «Heimweh», stellte die Eule sachlich fest, «geht vorüber.» Das half dem kleinen Drachen im Moment aber nicht viel weiter. «Du, Bara, sag – warum haben die Tiere Angst vor mir?», fragte der kleine Drache, vielleicht konnte sie es ihr sagen. «Du bist ein Drache», meinte sie. «Ja und?» – «Vor Drachen hat man eben Angst – sie

sind so …» – «Aber ich doch nicht!!!», rief der kleine Drache. «Ja, wissen das die anderen denn?», gab Bara weise zurück. «Sie verstehen dich ja nicht einmal. Wenn du fauchst und schnaubst, meinen sie, du willst sie erschrecken, so wie die anderen Drachen es eben auch tun. Ihr sprecht verschiedene Sprachen.» Der kleine Drache dachte über Baras Worte nach. Vielleicht muss ich einfach deutlicher machen, was ich will? Aber wie denn, die anderen hörten mir ja nicht einmal zu… «Bara?», fragte sie verzweifelt. «Ja?» – «Kannst du mir sagen, was ich tun kann, damit die anderen mich verstehen?» – «Nein», es klang traurig, «wenn ich das wüsste, wäre ich selbst nicht mehr so einsam …» Sie fing sich wieder und meinte dann rasch: «Ich geh jetzt in mein Nest. Schau nur, dort drüben dämmert der Morgen herauf – höchste Zeit für mich. Mach's gut – schön, dich kennengelernt zu haben …», sprach's und war verschwunden. Schade, dachte der Drache, sie schien so lebenserfahren, bestimmt hätte sie mir noch das eine oder andere sagen können … na ja …

ie wickelte sich etwas fester in ihre Decke und ihr Blick ging nach Osten, wo das Licht allmählich über das Dunkel siegte. Und der feuerrote Ball, der sanft am Himmel emporstieg, weckte auf geheimnisvolle Weise in dem kleinen Drachen neu die Lust am Leben. «Fremdsprachen», dachte sie plötzlich, «vielleicht sollte ich Fremdsprachen lernen. Und ob große Tiere wohl auch vor mir Angst haben?» Aber da war sie schon längst wieder eingeschlafen …

ls sie geraume Zeit später aufwachte, stand die Sonne schon hoch am Himmel. Sie rekelte sich genüsslich und reckte die Glieder. »Fremdsprachen«, dachte sie, «wie um alles in der Welt komme ich nur auf Fremdsprachen?» Sie war etwas verwirrt, bis ihr das nächtliche Gespräch mit Bara wieder einfiel. Und auf einmal zeichnete sich ein Plan in ihrem Kopf ab. Einen letzten Versuch würde sie noch wagen. Sollte auch der scheitern, dann gab sie wirklich auf. Aber die Idee schien ihr so gut, das konnte gar nicht schiefgehen: sie wollte große Tiere suchen, die nicht so schnell vor einem Drachen erschrecken würden, und dieses Mal würde sie nicht einfach mittenrein platzen, sondern abwarten, beobachten, zuhören, versuchen, ihre Sprache zu lernen. Dann könnte sie sich auch verständlich machen …

«Also gut», dachte sie, «ich probiere es» – gab sich einen Ruck und ging los.

Sie hatte Glück – bald schon lichtete sich der Wald und eine schöne Waldwiese lag vor ihr. Vorsichtig pirschte sie sich näher – das niedrige Strauchwerk diente ihr als Versteck – und spähte auf die Lichtung hinaus. Tatsächlich – da stand ein Rudel stattlich-großer Hirsche, angeführt von einem kapitalen Bock mit einem riesigen Geweih. Der kleine Drache richtete es sich gemütlich ein. Dieses Mal würde sie abwarten, zusehen, bloß nichts übereilen …

er Hirschbock war unruhig, es war Brunftzeit, und er spürte, dass junge Böcke um das Rudel herumstrichen in der Hoffnung, ihm vielleicht die eine oder andere Hirschkuh abzujagen – oder sogar möglicherweise um die Herrschaft über das Rudel zu kämpfen.

Immer wieder röhrte der Bock laut und gewaltig vor sich hin – und der kleine Drache war ziemlich beeindruckt. Tiere, die solche Geräusche von sich geben können, würden vor ihr gewiss keine Angst haben. Aber sie musste zugeben, diesen Ton hinzukriegen, das war nicht so ganz einfach. Sie übte es ganz vorsichtig-leise im Schutz des Gebüsches, immer und immer wieder.

Als sie schließlich vor ihrer eigenen Stimme erschrak, dachte sie, jetzt müsste es wohl gehen … und so fasste sie sich ein Herz, röhrte einmal ganz laut und trat, hoch aufgerichtet, auf die Wiese hinaus.

as Rudel war bei dem unerwarteten Ton zusammengeschreckt, die Köpfe drehten sich zum Waldrand hin, und der Bock nahm die imponierendste Stellung ein, die er sich vorstellen konnte, das Geweih mit den spitzen Enden hoch in die Luft gestreckt.

Der kleine Drache frohlockte, ihr Plan schien zu glücken. Schritt für Schritt näherte sie sich dem Rudel, immer wieder laut das gewaltige Röhren nachahmend.

Der Bock stand verwirrt still. In seinem Leben hatte er noch nie erlebt, dass jemand so frech-dreist von seinem Rudel Besitz ergreifen wollte.

Schließlich löste er sich aus seiner Erstarrung und röhrte, womöglich noch gewaltiger, dem kleinen Drachen entgegen, die sich über diese, wie sie meinte, so freundliche Begrüßung, von Herzen freute … und sie röhrte freudig zurück …

in grüner Gegner, der aufrecht lief und röhrte, auch das war etwas Neues für den Hirsch. Er überlegte kurz – und entschied sich dann für das einzige Mittel, das ihm sinnvoll erschien. Er setzte sich in Bewegung, langsam, dann immer schneller, den Kopf mit dem Geweih und den todbringend scharfen Spitzen gesenkt – Angriff!!!

Der Drache verstand die Situation immer noch falsch … sie röhrte freundlich und lief nun ihrerseits dem Bock entgegen, höchst erfreut über die für sie so eindeutige Aufforderung zum Spielen. Sie senkte nun auch den Kopf, man war ja immer bereit zum Lernen, und wenn das nun mal dazu gehörte …

Ein brennender Schmerz bohrte sich in ihre Seite – der Hirsch hatte angegriffen. Der kleine Drache, eben noch im höchsten Himmel der Hoffnungen schwebend, wurde schmerzhaft-jäh in die Wirklichkeit zurückgeholt. Sie starrte erstaunt auf die Wunde am Hals, aus der Blut herausfloss – da sah sie aus den Augenwinkeln erneut den Hirsch heranjagen. Instinktiv drehte sie sich zur Seite, so dass der Stoß

des Hirsches vorbeiging – aber allmählich wurde ihr doch unheimlich zumute.

Sie blickte sich um, das Rudel hatte sich an den Waldrand zurückgezogen und sah dem Kampf gespannt zu. Eben setzte der Hirsch erneut zum Angriff an. Der kleine Drache röhrte noch einmal, schon etwas verzagter – und als sie sah, dass der Hirsch sein Tempo unverändert beibehielt, zog sie es vor zu fliehen. Sie rannte in den Wald hinein, den wütenden, nun des Sieges sicheren Hirsch auf den Fersen. Sie lief, was ihre Pfoten hergaben – und schließlich verstummte das Trommeln der Hufe ihres Verfolgers.

In der Gewissheit, den Nebenbuhler in die Flucht geschlagen zu haben, war der Hirsch zu seinem Rudel zurückgekehrt, wer weiß, was dort in der Zwischenzeit alles passiert war.

Der kleine Drache japste nach Luft. Sie merkte, wie ihre Kräfte nachließen. Die Wunde blutete immer noch, und total erschöpft ließ sie sich zu Boden fallen. Sie verstand überhaupt nichts mehr. Dabei hatte alles so verheißungsvoll angefangen. Aber auch der Hirsch schien sie nicht verstanden zu haben, obwohl sie so schön geröhrt hatte.

Der kleine Drache hatte nun sämtlichen Mut verloren ... sie war nur noch Traurigkeit und Schmerz. Sie leckte ihre Wunde und weinte sich verzweifelt in einen unruhigen Schlaf hinein.

em kleinen Drachen war die Ruhe nicht lange vergönnt. Plötzlich stieß etwas Hartes in ihre Seite, fiel über sie und schimpfte lauthals in die Nacht hinein.

Müde richtete sich der kleine Drache auf, fauchte vorsichtshalber ein bisschen vor sich hin – soweit es ihre Kräfte noch zuließen – und versuchte im Dunkel zu erkennen, was denn los war. Der kleine Hügel, der neben ihr auf dem Boden lag, erhob sich, immer noch weiter schimpfend und gänzlich unbeeindruckt von der weißen kleinen Dampfwolke, die in der Luft hing. Ein Licht flammte auf und hätte dem Drachen beinahe die Schnauze versengt, so dass sie einen Schritt zurückwich. «He, bleib gefälligst da!», rief eine dunkle, nicht unangenehme Stimme, und das Licht kam ein bisschen näher. Der kleine Drache blieb sitzen – ihre Hinterpfoten zur möglichen Flucht angespannt. Sie zitterte ein wenig – war es der Schmerz, die erneute Aufregung, die Müdigkeit? «Du brauchst keine Angst haben», sagte die dunkle Stimme, und seltsamerweise, der Drache vertraute ihr. «Was machst du denn hier?», fragte die Stimme freundlich. «Ich … ich hab … geschlafen …», sagte der kleine Drache müde. «Hm», doch, diese Stimme klang wirklich nett, «aber du kannst nicht mitten auf dem Weg einschlafen, so dass man über dich fällt und sich fast die Knochen dabei bricht … überhaupt: wer bist du denn?» – «Ich bin ein Drache», antwortete der kleine Drache leise und fügte dann zögernd hinzu «aber ich bin mir gar nicht sicher, ob ich ein Drache sein mag …» – «Na, das scheint grad alles nicht so einfach bei dir zu sein – aber müssen wir das eigentlich hier mitten im Wald bereden?» – «Nö», sagte der kleine Drache – inzwischen war ihr fast egal, was noch passierte. Mit einem letzten Rest Anstand versuchte sie, ihr Gähnen hinter der vorgehaltenen Pfote zu verbergen. Das alles hatte sie doch ziemlich mitgenommen, aber war das ein Wunder nach all dem, was sie erlebt hatte?

Das erkannte auch der Jemand, zu dem die dunkle Stimme gehörte, und er schlug vor: «Hör zu, meine Hütte ist nicht weit von hier. Ein Bett kann ich dir zwar nicht anbieten, aber an so etwas scheinst du auch nicht gewöhnt zu sein... ein schönes Heulager hätte ich und auch was zu essen, wenn du magst.» Essen – die Sinne des kleinen Drachen belebten sich. Erst jetzt fiel ihr auf, wie lange sie vor lauter Aufregung schon nichts mehr gegessen hatte – und sofort knurrte ihr Magen so unüberhörbar laut, dass ihr Gegenüber herzlich lachte. «Also, komm mit», sagte er und ging los, das Licht in der Hand – und der kleine Drache stolperte hinter ihm her. Es war wirklich nicht weit... nach zwei oder drei Biegungen (sie war einfach zu müde zum Zählen) zeichnete sich eine kleine Hütte gegen den Nachthimmel ab, der Mann öffnete die Tür, stellte das Licht auf einen Tisch und schürte das Feuer, das in einem Kamin glimmte. Er legte einige Scheite Holz darauf, und schnell umfing ein warmes Licht und knackende Wärme die beiden, die sich nun das erste Mal richtig musterten. Zu der dunklen Stimme gehörte ein kleiner Mann, mit Jeans und abgewetzter Lederjacke, einem braungebrannten Gesicht mit vielen Lachfältchen darin, herzlich dreinschauenden Augen und vertrauenerweckenden Händen – und irgendwie, der kleine Drache mochte ihn sofort, so wie sie seine Stimme schon gemocht hatte.

«Oh», sagte der Mann erstaunt, «du bist ja verwundet – komm, zeig mal.» Er sah sich die Wunde näher an und meinte dann: «Wart, da hab ich was.» Er holte einen kleinen Topf mit einer gut riechenden Salbe hervor, wusch vorsichtig das Blut um die Wunde herum ab, strich die Salbe darauf und legte einen Verband darum. «So», sagte er, «jetzt braucht es nur noch Zeit zum Heilen.» Die Salbe kühlte herrlich und die behutsamen Hände des Mannes hatten dem kleinen Drachen gut getan. Fast hatte sie das Gefühl, dass die Schmerzen schon nachließen.

«Ich mach uns was zum Essen», sagte der Mann, «ich hab nämlich auch Hunger.» Er deckte mit raschen Händen einen derben Holztisch, holte Brot, kalten Braten und gezuckerte Erdbeeren herbei und stellte eine Flasche Wein dazu. Und dabei entschied er sich, seinem ungewöhnlichen Besucher erst morgen all die Fragen zu stellen, die ihn interessierten, heute Abend würde er ja doch keine vernünftige Antwort mehr bekommen. Nur noch mühsam hielt sich der kleine Drache aufrecht, fast schlief sie am Tisch schon ein, und einmal konnte der Mann das Weinglas nur mit einem raschen Griff vor dem Herunterfallen retten, weil der Drache einfach zu müde war, um ihre Pfoten noch in die Höhe zu bekommen. Und schließlich verriet ihm ein gleichmäßig leises Pusten, dass der Drache tatsächlich eingeschlafen war. Der Mann tippte sie an die Schulter, rüttelte sie – aber erst seine warme Stimme erreichte den kleinen Drachen, als sie sagte: «Komm, ich zeig dir dein Lager.» Und im Halbschlaf fragte der kleine Drache noch: «Wer bist du eigentlich?» Die dunkle Stimme lachte und sagte: «Ich bin Moya, der Zauberer» – aber da war der kleine Drache auf dem süß duftenden Heulager schon wieder eingeschlafen, und die Worte des Mannes drangen nur noch in ihre Träume vor.

Ruhe kehrte ein in der kleinen Hütte am Wald – bis der erste Vogel probeweise ein Lied in das Dunkel pfiff, ahnend, dass es wohl bald Morgen werden würde… und wirklich, kurz darauf wagte sich der erste Lichtschimmer im Osten hervor und löste ein tausendstimmiges Vogelgezwitscher aus ... ein leichter Morgennebel lag über dem Gras, die Tautropfen blitzten in der Sonne, und in der Hütte wurde der kleine Drache im Schlaf unruhig, um sich gähnend zu rekeln und die Augen zu reiben. Das roch so schön – der kleine Drache riss plötzlich hellwach ihre Augen weit auf: Ihr war wieder eingefallen, wo sie war und was alles passiert war. Und während sie sich neugierig umschaute, fielen ihr die Worte «Moya, der Zauberer» ein. Hm, sie kratzte sich am Kopf und beschloss, sich einmal umzusehen, wo sie hier denn gelandet war ... Der Schlaf hatte sie erfrischt, die Wunde schmerzte nicht mehr, sie war zu neuen Taten aufgelegt – und so brachte sie ihre Pfoten in eine vernünftige Reihenfolge, richtete die Ohren auf und erkundete die Hütte. Was sie sah, gefiel ihr gut – Sonnenlicht drang durch viele kleine Fenster in einen großen Raum hinein, die Gardinen sahen hübsch aus, ein grob gewebter Teppich lag da, auf dem Herd blitzten die Kochtöpfe, an der Wand hing ein Bord mit bunten Henkeltassen – alles wirkte sehr gemütlich. Wo aber war der Mann von gestern Abend? Der kleine Drache blinzelte vorsichtig um eine Ecke herum – und da schlief er, Lederjacke und Jeans ordentlich auf einen Stuhl gelegt.

in Zauberer – und Lederjacke und Jeans? Irgendwie – der kleine Drache hatte sich Zauberer immer etwas anders vorgestellt. Verwirrt stand sie vor dem Bett und sah den Mann an. Hm, nett sah er aus, die dunklen Haare waren verwuschelt und kringelten sich an den Schläfen zu kleinen eigenwilligen Löckchen, das Gesicht sah weich aus, und der Mann lächelte im Schlaf …

Plötzlich sah er den Drachen mit graublauen Augen an und sagte, als ob er die Gedanken des Drachens erraten hätte: «Weißt du, Zauberer sehen immer anders aus, als man erwartet, deswegen erkennt man sie häufig so schlecht – und Jeans und Turnschuhe sind in unserem Beruf manchmal praktischer als der lange sternenbesetzte Rock» – und dabei lächelte er den kleinen Drachen an. Seine Stimme war tatsächlich so dunkel und angenehm, wie sie der kleine Drache in Erinnerung hatte. Sie verzauberte, diese Stimme – und der kleine Drache hätte ihr andauernd zuhören mögen.

«Na, du scheinst ja ausgeschlafen zu haben – wie wär's mit einem ordentlichen Frühstück?» Davon hielt der Drache eine ganze Menge, und bei dieser erfreulichen Aussicht standen ihre Ohren gleich noch ein wenig mehr in die Höhe.

Bald zog ein herrlicher Duft von Kaffee und Speckeiern durch die kleine Hütte, und die Nüstern des kleinen Drachen schnupperten höchst interessiert. Die beiden frühstückten draußen vor der Hütte, die Sonne lachte über die Wiese, und die Amsel oben auf dem Dachfirst pfiff ihr Lied in die Welt hinein. «Pprruu», seufzte der kleine Drache behaglich. Jetzt schien es Moya an der Zeit, doch ein wenig mehr über seinen Gast zu erfahren. «Nun erzähl mal…», sagte er und goss dem Drachen nochmals Kaffee in die große Henkeltasse.

Und der kleine Drache erzählte: von ihrer Höhle und der Wiese davor, von ihren alltäglichen Drachenpflichten, ihrem Nachdenken und ihrer Einsamkeit, von dem Traum mit den Tieren und der Katze. Und als sie schließlich bei ihrer Entscheidung war, aufzubrechen und sich auf die Suche zu machen, da beugte sich Moya noch ein wenig mehr nach vorne und hörte möglicherweise noch aufmerksamer zu, als er es vorher schon getan hatte. Der kleine Drache redete sich alles vom Herzen, ihre Unsicherheit und die Ratlosigkeit und das schlimme Gefühl, nicht verstanden zu werden. Und als sie so erzählte, kamen ihr wieder all die Begegnungen in den Kopf, die sie auf dem Weg gehabt hatte: der gelehrte Vogel und die Mäuse, das fuchtelnde Etwas und schließlich die Tiere auf der Wiese – und der Hirsch, der sie angegriffen hatte. Es tat gut, alles einmal loszuwerden – und es tat gut, es Moya zu erzählen, der so schön zuhören konnte und einem das Gefühl gab, dass er all dieses Durcheinander in einem kleinen Drachenherzen gut verstehen konnte.

Als der kleine Drache geendet hatte, schwieg Moya lang und sah sie einfach warm an. Dann frage er leise: «Und warum hast du gestern Abend gesagt, du wüsstest nicht, ob du ein Drache sein willst?» – «Weil», der kleine Drache schniefte auf und blies versehentlich eine Dampfwolke vor sich hin, «weil ich nicht so sein mag, wie die anderen Drachen sind

– ich mag nicht schrecklich sein und Angst machen, ich mag nicht alleine in meiner Höhle leben – ich will zusammen mit anderen singen und tanzen, spielen und auch traurig sein – und ich mag kein Drache mehr sein, weil Drachen nicht geliebt werden», fügte sie ganz leise hinzu. «Hm», sagte Moya nachdenklich, «du bist tapfer. Um die Tatsache, dass du ein Drache bist, wirst du allerdings nicht umhinkönnen, aber da sag ich dir später etwas dazu. Ich finde es jedenfalls ganz prima, dass du den Mut gehabt hast, aufzubrechen und deinen Traum ernst zu nehmen. Das ist nämlich sehr schwierig, weißt du. Na, jetzt guck nicht gleich wieder so traurig – aber ich möchte dir gegenüber schon offen sein. Das, was du dir vorgenommen hast, das ist schwierig, aber auch unsagbar schön und manchmal auch ganz einfach. Es heißt nicht, dass du dauernd glücklich sein wirst, ganz im Gegenteil. Leben bringt auch sehr viel Leid und Tränen mit sich, du kannst in Gefahren kommen, die du dir nie vorgestellt hättest, du kannst Verwundungen davontragen. All das kann dir auf deinem Weg begegnen, und du hast es ja auch erlebt. Aber – Leben heißt auch, zu ahnen, was Freiheit ist, Unabhängigkeit, Glück, Friede – und all das in einer Dichte und Fülle, wie andere es nie spüren können.» Der kleine Drache hatte aufmerksam zugehört – und jetzt fragte sie: «Aber – wo find ich denn das, was ich suche?» – «Überall», sagte Moya leise schmunzelnd.

Der Drache legte ihre Stirn in tiefe Falten vor lauter Nachdenken. «Überall? Das verstehe ich nicht...» – «Weißt du, das, was du suchst, ist an keinen Ort und an keine Zeit gebunden, es ist immer gegenwärtig.» Der Blick des kleinen Drachen wurde höchstens noch verständnisloser... Moya versuchte es noch einmal: «Es gibt welche, die behaupten ständig, das Glück gefunden zu haben – und sind doch unzufrieden. Andere dagegen warten und meinen, einmal muss das ganz große Ereignis doch kommen. Und so warten und warten sie – und stellen eines Tages erstaunt fest, dass sie unterdessen gestorben sind.» Der kleine Drache schmunzelte. «Ja, du lachst», sagte Moya ernst, «aber ich glaube, dass viele Drachen, auch wenn sie scheinbar glücklich sind, eigentlich schon tot sind.

Sie leben nur in ihren Tag hinein, ohne einmal etwas auszuprobieren oder zu riskieren. Sie geben sich mit vordergründigen Antworten zufrieden – und bleiben damit an der Oberfläche … Die wahren Schätze aber sind in der Tiefe verborgen. Und es sind solche Spinner und Träumer wie du, die sich mit der Oberfläche nicht zufriedengeben, die tiefer gehen, weiter sehen, höher fliegen wollen oder, wie du es sagst, die sich auf die Suche machen – auch wenn sie manchmal gar nicht genau sagen können, was sie denn suchen. Das sind die, die immer auf dem Weg sind, offen für alles Neue – auch dann, wenn es vielleicht Angst macht –; die Melodien hören, auch wenn niemand spielt; die weinen und glücklich sein können, weil sie eine Rose gefunden haben; die Farbe in die Welt zaubern – und ihre Träume suchen. Und all das lässt sich nicht erjagen, sondern dafür muss man offen sein – und das kann jederzeit und überall sein …»

Moyas Worte drangen ganz tief in den kleinen Drachen ein … sie spürte, dass Moya viel vom Leben verstand, dass er aber sicher oft auch schon unglücklich gewesen war …

Und als ob Moya ihre Gedanken bestätigen wollte, sagte er: «Leben – das ist wie ein Feuer… du
kannst dir die Pfoten daran verbrennen, aber wenn
du das Feuer in deinem Herzen hast, dann wirst du
glücklich sein, auch wenn du traurig bist…»

Der kleine Drache kratzte sich am Kopf, traute sich aber schließlich doch, ihre Frage zu stellen:
«Wie macht man das denn nun – leben?» Moya sah
sie liebevoll an: «Du tust es schon längst…» – «Wie
bitte?», der kleine Drache glaubte, nicht recht gehört
zu haben…

«Ja», wiederholte Moya, »ich mein schon, was ich
gesagt habe… du tust es bereits…» – «Wieso???» –
«Du hast dich getraut, der Sehnsucht und den Träumen einen Platz in deinem Herzen zu geben, du hast
deine Einsamkeit gespürt, du hast dir eingestanden,
dass du Angst hast, du hast anderen vertraut und
konntest staunen, du hast die scheinbare Sicherheit
aufgegeben, du hast dich verwunden lassen und hast
geweint. Du hast tiefer gehen und höher fliegen wollen, das ist doch Leben – auch wenn du dabei deinem
Ziel vielleicht noch nicht näher gekommen bist. Aber

möglicherweise ist das Unterwegs-Sein wichtiger als das Angekommen-Sein…»

Der kleine Drache war verblüfft… ihre Suche nach dem Traum nahm durch Moya eine Wendung, die überraschend für sie war…

oya spürte, was in dem Drachen vorging, und wusste, jedes Wort mehr wäre ein Wort zu viel gewesen. So stand er auf, holte einen Korb und ein Messer aus der Hütte, drückte beides dem Drachen in die Pfote und sagte: «So, genug für heute Vormittag – was hältst du davon, ein paar Pilze fürs Mittagessen zu suchen?» Der kleine Drache nickte, immer noch verwirrt von dem vielen, was sie da eben gehört hatte – und blieb am Tisch sitzen.

Moya schmunzelte vor sich hin und trug das Geschirr in die Hütte. Am besten, er ließ sie jetzt allein, so konnte vielleicht am ehesten Ordnung in ihre Gedanken kommen.

Der Drache war wirklich durcheinander – aber sie fühlte, es war ein gutes Durcheinander, das ihr auch keine Angst machte. Und so trabte sie schließlich los, Pilze suchen …

ie Ruhe des Waldes tat dem kleinen Drachen gut. Sie wanderte umher, den Blick auf den Boden gerichtet, um ja keinen Pilz zu übersehen. Gleichzeitig jagten aber die Gedanken in ihrem Kopf herum. Sie hatte geglaubt, das Bild ihres Traumes sei das Ziel, das sie finden müsse – und jetzt sagte Moya, das, was sie suche, sei immer gegenwärtig? Hieß das, ihren Traum aufzugeben? Und die Katze? Würde sie die nie finden?

Hm, eigentlich, wenn das Ziel ihrer Suche immer schon da wäre, dann könnte sie doch auch hier bei Moya bleiben – oder? Das wäre schön... sie könnte ihm zur Hand gehen; später vielleicht, wenn sie etwas mehr gelernt hatte, konnte sie ihm beim Zaubern helfen... der kleine Drache kam ins Träumen – das war ein buntes und schönes Bild, das da vor ihren Augen stand, und ihr wurde ganz wärmelig zumute... bei Moya bleiben, Heimat haben, geborgen sein, leben...

Den kleinen Drachen drängte es zur Hütte zurück – der Korb war eh schon übervoll mit Pilzen.

Sie musste Moya unbedingt erzählen, was ihr da eingefallen war. Was Moya wohl dazu sagen würde? So ganz sicher war sich der kleine Drache darüber nicht…

oya stand in der Hütte und putzte Salat. Als der kleine Drache zur Tür hereinpolterte, warf er ihr einen freundlichen Blick zu. «Na, hast du was gefunden?», fragte er – aber statt einer Antwort stellte der kleine Drache einfach den Korb auf den Tisch. «Na fein», freute sich Moya, «das gibt ein schönes Mittagessen!»

«Du, Moya?», begann der kleine Drache etwas zögernd. «Ja?» – «Sag mal … meinst du … also … könnte ich nicht einfach hier bei dir bleiben? Das ist mir halt grad so gekommen … ich mein ja nur … das wäre doch schön … ich könnte dir helfen, Pilze suchen, die Hütte in Ordnung halten, und so …» Der kleine Drache brach ab und traute sich nicht, Moya anzusehen.

Moya hatte aufmerksam zugehört, und stellte nun die Salatschüssel an die Seite. Dann sagte er behutsam: «Meinst du wirklich, es wäre gut, wenn du hierbleiben würdest? Schau, ich bin ein besonderer Zauberer – ein ‹Lebendig-Zauberer›, ich versuche, dem Leben zu helfen, dass es lebendig werden kann. Manche verstehen das falsch, die meinen, ich könnte ihnen ihr Leben herbeizaubern. Aber das geht nicht. Lebendig sein, das muss jeder ganz alleine. Das kann ich niemandem abnehmen, auch dir nicht. Ich kann vielleicht die Sehnsucht nach dem Leben in ihnen wecken, oder solche wie dich, die sich schon auf den Weg gemacht haben, in ihrer Sehnsucht bestärken. Möglicherweise kann ich auch die eine oder andere Erfahrung, die du auf dem Weg gemacht hast, deuten, dir sagen, was ich dazu denke – gehen aber musst du ganz alleine ...»

Der kleine Drache schluckte, sie spürte, dass sie nicht hierbleiben konnte. Die kleine Katze kam ihr wieder in den Sinn. «Moya, was ist mit meinem Traum – und mit der Katze, werde ich sie finden?» – «Träumen, das ist ganz, ganz wichtig – und ich wünsch dir, dass du es nie vergisst, das Träumen. Dein Traum hat dir die Kraft gegeben, dich auf den Weg zu machen. Du bist aufgebrochen, mit Sehnsucht im Herzen, weil du um das Ziel ahntest. Durch dieses Ziel hat sich dein Weg bestimmt – auch wenn nicht sicher ist, ob du dieses Ziel jemals erreichen wirst. Deshalb wäre es zwar schön, wenn du hierbleiben könntest – aber es wäre nicht das Ziel. Du würdest damit deinen Traum aufgeben …»

Der kleine Drache nickte nachdenklich – ja, Moya hatte recht, hierbleiben hieße, ihren Traum zu verraten.

Etwas anderes beschäftigte sie noch: «Du, wie hast du das eben mit dem Ziel und dem Erreichen gemeint?» Moya sah sie an: «Der Weg zu diesem Ziel ist nicht einfach, das habe ich ja heute Morgen schon gesagt. Es ist die Kunst, Vergangenheit und Zukunft in der Gegenwart zu leben. Schau, da ist dein Traum, vielleicht als Verheißung für die Zukunft – und da sind deine Vergangenheit, deine Erfahrungen, deine Verletzungen, all das, was du bisher gelernt oder auch noch nicht gelernt hast. Beides beeinflusst deine Gegenwart. Dazu kommt Verschiedenes, an dem du nichts ändern kannst – zum Beispiel die Tatsache, dass du ein Drache bist. Es gibt Dinge in dir und um dich herum, die neben deinem Traum und deiner Vergangenheit auch noch deinen Weg mitbestimmen. Und deswegen wirst du lernen müssen, als Drache zu leben.»

Der kleine Drache schaute schon wieder ziemlich verständnislos – manchmal waren Moyas Gedanken doch anstrengend. Als Moya das merkte, fragte er nur noch: «Magst du dich eigentlich?» Damit wendete er sich wieder dem Salat zu – blickte den kleinen Drachen noch einmal über die Schulter liebevoll an und meinte: «Wenn du Lust hast, kannst du die Pilze putzen ...»

as Mittagessen schmeckte hervor-
ragend – Moya war wohl nicht nur
ein guter Zauberer, sondern mindestens ein genauso guter Koch.
Der kleine Drache langte kräftig
zu, und Moya freute sich darüber. Faul saßen sie
anschließend vor der Hütte, Moya hatte sich eine
Pfeife angesteckt, und freuten sich des Lebens.

Den kleinen Drachen beschäftigte immer noch
das Gespräch von vorhin. Ob sie sich mochte? Darüber hatte sie noch nie nachgedacht. Und was hatte Moya wohl damit gemeint, sie müsse lernen,
Drache zu sein? Schließlich hielt sie es nicht mehr
aus. «Du, Moya, wieso hast du das vorhin gesagt?»
Moya wusste sofort, was der kleine Drache meinte.
«Ganz einfach – dir bleibt in diesem Punkt gar nicht
viel anderes übrig. Dir selbst vorzumachen, dass du
kein Drache seist, bringt dich nicht weiter.» – «Aber
ich will doch gar nicht so wie die anderen Drachen
sein!» – «Das brauchst du ja auch nicht», beruhig-
te sie Moya. «Es gibt einen Unterschied zwischen
dem, wie andere meinen, dass du als Drache zu sein

hast – und dem, wie du als Drache sein willst. Aber du kannst nicht deine Haut ausziehen und plötzlich Schmetterling oder Eichhörnchen sein.»

Der kleine Drache hörte aufmerksam zu. «Schau», sagte Moya, «man hat von Drachen nun mal ein ganz bestimmtes Bild – sie jagen Angst ein. Deshalb werden sich die meisten, denen du begegnest, vor dir fürchten. Und da kannst du zehnmal erklären, dass du ganz anders bist, sie werden dir nicht glauben. Das gehört zur Wirklichkeit, die du auch sehen musst. Wenn du versuchst, so zu tun, als ob du kein Drache seist – denk nur an deine Erlebnisse mit den Tieren und dem Hirsch –, dann wirst du damit auf Dauer keinen Erfolg haben. Du kannst kein anderer sein, du musst du selbst werden. Und deshalb habe ich vorhin gesagt, dass du lernen musst, Drache zu sein…»

«Ja, aber – darf ich denn als Drache auch lieb sein?» – «Klar», sagte Moya, «niemand kann dir vorschreiben, wie du zu sein hast. Und wenn du lieb sein möchtest, dann sei lieb – wenn es das ist, was du im Moment sein möchtest. Allerdings, du musst dich darauf gefasst machen, dass viele dich dann überhaupt nicht mehr verstehen werden, weil du ihrem Bild von einem Drachen nicht entsprichst. Das macht sie unsicher, verstehst du – und sie werden dich dann noch viel weniger mögen. Überhaupt«, fuhr Moya fort, «schlag es dir aus dem Kopf, von allen geliebt und gemocht zu werden.» – «Warum denn?» – «Kannst du dir einen Drachen vorstellen, die sowohl von deinem Drachenchef als auch von deiner Katze geliebt wird?» – «Nein», sagte der kleine Drache entschieden, «das geht nicht!» – «Siehst du – sie wollen von dir etwas so Verschiedenes, dass du es nie beiden recht machen kannst. Immer wirst du jemanden enttäuschen müssen, wenn nicht sogar beide …» – «Auch die Katze?», fragte der Drache traurig. Moya bekräftigte: «Ja, möglicherweise auch mal die Katze. Siehst du die Sonnenblume dort drüben?» – Dem kleinen Drachen war sie am Morgen schon aufgefallen. «Sie blüht herrlich, nicht wahr? Aber sie blüht für niemanden, nicht für dich, nicht für mich. Sie selbst will Sonnenblume sein und gibt dafür das Beste, was sie kann. Wollte sie Rose oder

Gänseblümchen sein, weil andere es vielleicht so lieber sähen, ginge das bestimmt schief. So aber dreht sie sich nach niemanden außer der Sonne – und das macht sie schön und stark und groß.»

Der kleine Drache starrte die Sonnenblume an – ob sie Moya wohl richtig verstand? Was hieß es denn, sich nach niemandem zu drehen, sie selbst zu werden? Wer war sie denn? «Wer bist du?», Moya hatte wieder einmal ihre Gedanken erraten. «Es wäre schlimm, wenn du darauf für immer und ewig eine feste Antwort hättest. Leben heißt auch Veränderung, heißt Wachsen, Weitergehen. Es kann sein, dass sich deine Antwort auf diese Frage von Tag zu Tag ändert – und oft genug wirst du keine Antwort darauf haben. Lass dich davon nicht verwirren und hab keine Angst davor. Aber – find dich auch nicht einfach damit ab. Suche dich selbst – und wenn du dich ab und an einmal finden kannst, dich selbst erkennst, dann freu dich umso mehr darüber. Und hab ein bisschen Geduld mit dir. Wenn du dich selbst nicht magst, wie sollen dich dann die anderen mögen, die dich ja noch weniger kennen, als du dich selbst?»

Moya sah den Drachen an, der müde vom Nachdenken war. «Ich weiß», sagte er, «dass ich dir viel zumute. Du wirst nicht alles sofort verstehen. Aber das macht nichts. Deine Wunde hat auch Zeit gebraucht, um zu heilen, nimm dir selbst auch die Zeit, die du für dich brauchst. Und», fügte er noch hinzu, «gib auch deiner Katze Zeit. Dräng sie nicht – vielleicht wird sie eines Tages einfach da sein…» Moya hielt einen Moment inne, dann sagte er sehr ernst: «Eines Tages wirst du die Melodie hören… und dann tanz. Ob du traurig oder glücklich bist, tanz. Warte nicht erst, bis andere mit dir tanzen, bis dahin könnte die Melodie vorbei sein. Sei du Melodie – tanz…»

Der kleine Drache verstand den Zauberer nicht ganz, aber sie ahnte, dass diese Melodie etwas Wichtiges war…

«So», sagte Moya entschieden…, «für heute hab ich nun wirklich genug geredet. Du siehst schon richtig mitgenommen aus. Komm, wir machen einen schönen Spaziergang, das bringt die Gedanken vielleicht ein wenig zur Ruhe. Und«, er lachte ver-

schmitzt, »ich weiß eine Stelle, wo ganz viel Wald-
erdbeeren wachsen …«

Schweigend gingen sie los – es war ein gutes
Schweigen, gefüllt mit Nähe …

er kleine Drache war froh, als sie an dem Abend in ihr Heulager kriechen konnte. Es war ein anstrengender Tag für sie gewesen – aber sie hatte das Gefühl, auch einiges von diesem Leben verstanden zu haben. Moya war schon so ein Zauberer …

Sicher, viele neue Fragen waren plötzlich da, andere waren immer noch unbeantwortet – aber jetzt half Nachdenken allein nicht mehr viel. Das, was sie bis jetzt kapiert hatte, musste ausprobiert und gelebt werden … dann würde man weitersehen.

Das Herz wurde ihr schwer – das hieß Abschied von Moya.

Aber sie wusste, sie konnte nicht hierbleiben, sie musste ihren Traum suchen – noch war ihr Ziel nicht erreicht.

Sie spürte plötzlich viel Kraft in sich – ja, sie würde wieder aufbrechen. Und bei diesem Entschluss war sie traurig und gespannt zugleich – verrücktes Leben …

eim Frühstück erzählte sie Moya von ihrem Entschluss. Er schaute sie nachdenklich an und meinte: «Ich glaube, das ist gut so … Lebe das Leben – du bist auf dem richtigen Weg …»

Die beiden schauten sich schweigend an und mussten plötzlich schmunzeln. «Es war gut, dich getroffen zu haben, Moya», sagte der kleine Drache. «Ohne dich hätte ich wohl aufgegeben …» – «Ach», sagte Moya, «das glaubst du doch wohl selber nicht – da muss es schon noch dicker kommen, bevor du aufgibst …» Der kleine Drache stand auf: «Ich glaub, ich geh jetzt …» – «Warte», sagte Moya, «ich möchte dir gerne auf deinen Weg etwas mitgeben.» Der Drache schaute neugierig – aber Moyas Hände waren leer, und er machte auch keine Anstalten aufzustehen. «Du bist mir Freund geworden», sagte Moya ernst. «Freunde – das ist etwas sehr Schönes und Kostbares. Für mich bist du nicht mehr irgendein kleiner Drache, sondern mich verbindet viel mit dir. Ich werde dich nicht mehr vergessen – und deshalb möchte ich dir gerne einen Namen geben. Er soll dich daran erinnern, dass du einzig auf der Welt bist – es gibt viele Drachen, aber nur einmal so etwas wie dich …« Moya schmunzelte bei diesem Gedanken und fuhr fort »ich würde mich freuen, wenn du den Namen annehmen würdest …»

er kleine Drache wackelte vor Überraschung mit den Ohren (sie hatte gar nicht gewusst, dass sie das konnte ...) und wartete gespannt darauf, dass Moya weitersprach.

«Ich möchte dich ‹Hab-mich-lieb› nennen», sagte Moya ernst. «Und dieser Name soll dich daran erinnern, dass Vergangenheit und Zukunft in der Gegenwart gelebt werden müssen. Er hat mehrere Bedeutungen, dieser Name, und er ist nicht einfach zu leben. Versuche es ...»

Moya schwieg einen Moment, dann sagte er: «Ich möchte dir gerne sagen, was ich mit diesem Namen verbinde – nimm es als mein Abschiedsgeschenk mit auf deinen Weg.

Du warst ein Drache, die zu anderen sagen wollte: ‹Habt mich doch lieb›, um wiedergeliebt zu werden. Vergiss nicht, woher du kommst, das ist wichtig.

Dein Traum erzählt von der Zukunft – die Katze, der du vielleicht begegnen wirst, und die zu dir sagt: ‹Ich hab dich lieb›, dein Traum von Liebe, Verstehen,

Geborgenheit. Ich wünsch dir, dass sich dein Traum erfüllt – wenn er sich erfüllen soll. Verrate deine Träume nicht…

Und nicht zuletzt – ‹Ich hab mich lieb›… vielleicht Leitspruch für deinen zukünftigen Weg. Werde die, die du sein willst… nicht die, wie dich andere gerne hätten. Hab dich selbst ein wenig lieb – dann werden dich auch die anderen mögen…»

Moya sah den Drachen liebevoll an und fügte noch hinzu: «Und wenn du mal einen Freund brauchst – ich bin für dich da. Aber vergiss nicht, ich kann deinen Weg nicht gehen…»

Dem kleinen Drachen war ganz seltsam zumute, sie hätte es nicht beschreiben können, was alles in ihr war… so tat sie kurz entschlossen etwas, was sie noch nie in ihrem Drachenleben getan hatte – sie schlang ihre Pfoten um Moya und drückte ihn fest an sich. «Halt», keuchte Moya, «du erdrückst mich ja…» Na ja, sie hatte halt wenig Übung darin… und nur mühsam knoteten die beiden sich wieder auseinander. Als sie sich ansahen, lachten sie laut – und sie fühlten, es war gut so…

«Hab-mich-lieb» seufzte und sagte leise «Mach's gut, Moya» – und «Danke…» Moya sah sie liebevoll an: «Freund…»

Entschlossen wandte sich «Hab-mich-lieb» ab und lief langsam dem Wald entgegen. Dort drehte sie sich noch einmal um und winkte zu Moya hinüber – und der kleine Mann vor seiner Hütte hob grüßend die Hand. Der kleine Drache schritt in den Wald hinein. Sie atmete die würzige Waldluft tief ein und irgendwie – es war auch gut, wieder unterwegs zu sein. Die Traurigkeit in ihrem Herzen wich allmählich der Neugier und der Spannung, was wohl so alles auf sie zukommen würde… Dankbarkeit erfüllte sie… dass es solche Zauberer wie Moya gab… und – «Freund» hatte er zum Abschied gesagt. «Hab-mich-lieb» war stolz darauf – sie wusste, Moya ging mit diesem kostbaren Wort nicht leichtfertig um…

Gegen Mittag wurde der kleine Drache müde und hungrig. Zeit zum Rasten, dachte sie und suchte sich ein schönes Plätzchen. Sie holte Brot und Käse hervor und aß einige Bissen. Dann legte sie sich gemütlich auf den Rücken, verschränkte die Pfoten unter dem Kopf und sah, eigentlich ganz vergnügt, in den weiten Himmel hinein. Und unmerklich fielen ihr die Augen zu…

er kleine Drache erwachte, als die Sonne sich schon gen Abend neigte – und, mit einem Schlag hellwach, spitzte sie die Ohren. Da war doch was... ja, eine Melodie lag in der Luft... eine schöne, sanfte Melodie, ein wenig melancholisch und doch voll Lebensfreude...

Was hatte Moya gesagt? «Wenn du die Melodie hörst, dann tanz... ob du traurig oder glücklich bist, tanz... gib dich der Melodie... warte nicht auf andere, die mit dir tanzen, vielleicht ist die Melodie vorbei, bist du sie gefunden hast... tanz, auch wenn du ganz allein bist, wenn niemand mit dir tanzt... kümmere dich nicht darum, was die anderen sagen oder denken mögen – kann sein, dass sie dich nicht verstehen, dich auslachen – weil sie die Melodie nicht hören... du aber tanz, sei, werde Melodie...»

Und der kleine Drache tanzte... sie wiegte sich zärtlich hin und her, streichelte die Luft, sie tanzte.

Diese Melodie im Herzen setzte sie zierlich die Pfoten auf den Boden, ganz behutsam, als wolle sie die

Melodie nicht verjagen – aber je mehr sie selbst Melodie wurde, umso lebendiger wurden ihre Bewegungen, umso wilder ihr Stampfen – um wieder zu einem sanften Wiegen zu werden.

Schön, dachte der kleine Drache, einfach schön. Und momentelang fühlte sie «Ja, das ist es ...» – dieses Einssein mit der Melodie, das war es, wonach sie sich im Innersten ihres Herzens gesehnt hatte ...

Leise verklang die Melodie – und die Verzauberung löste sich behutsam von dem kleinen Drachen ...

Sie stand da, mitten im Wald, die Vorderpfoten weit ausgebreitet, als wolle sie das Leben umarmen – und war zutiefst glücklich ...

Einen Herzschlag lang war sie am Ziel ihrer Sehnsucht angelangt – und wusste doch gleichzeitig, dass dies nicht «Angekommen-Sein» hieß, sondern neues «Unterwegs-Sein».

Aber es ist gut so, dachte sie. Es lässt sich nicht festhalten, es ist nichts, das ich besitzen kann – sondern das ist diese brennende Sehnsucht im Herzen ... und eine Melodie, die unverhofft erklingt ...

er kleine Drache drehte sich langsam um und ging zu dem Baum zurück, unter dem sie gelegen hatte – plötzlich stutzte sie ... da saß doch etwas ... ja, da saß ein kleines schwarz-weißes Etwas und guckte sie an. Sie näherte sich vorsichtig, hielt die Luft an ... doch, es war die kleine Katze aus ihrem Traum, von der Moya gesagt hatte, sie würde vielleicht kommen, wenn die Zeit da sei ...

Vorsichtig, Schritt für Schritt ging sie näher – voll Angst, die Katze würde aufspringen und davonlaufen ... aber sie blieb sitzen, ihre Augen voll Interesse auf den Drachen gerichtet.

«Guten Tag», sagte sie plötzlich, und der kleine Drache erwiderte aufgeregt: «Hallo!» «Es war schön, wie du getanzt hast», meinte die Katze. «Oh», der kleine Drache errötete leicht, «du hast es gesehen?» – «Hm, es war nett, dir zuzusehen. Aber warum setzt du dich eigentlich nicht?» Immer noch verwirrt, kratzte sich der Drache wieder einmal am Kopf, setzte sich schließlich neben die Katze und fragte etwas zusammenhangslos: «Hast du eigentlich keine Angst vor mir?» –

«Nö», sagte die Katze, «warum sollte ich denn?» – «Aber bisher haben alle vor mir Angst gehabt, weil ich ein Drache bin…» – «Mag ja sein», und dem kleinen Drachen war es, als huschte ein Lächeln über ihr Gesicht, «aber Drachen sind schließlich auch nur Tiere – und vielleicht haben dich die anderen nie tanzen gesehen?»

Der kleine Drache schaute ziemlich überrascht – woher wusste die Katze das? «Ich weiß es nicht, aber es liegt als Erklärung doch ziemlich nahe, findest du nicht?» Doch, als der kleine Drache darüber nachdachte, musste sie zugeben, dass die Katze vielleicht nicht unrecht hatte…

Sie schaute die Katze an – und je länger sie sie ansah, umso wärmer wurde ihr ums Herz. Irgendetwas kribbelte ganz komisch in ihrem Bauch. Sie wolle so gerne in ihrer Nähe sein, ihre Stimme hören, sie immerzu ansehen. Zögernd tastete sich ihre Pfote zu der kleinen Katze hinüber, um auf halbem Weg wieder anzuhalten. Nein, sie traute sich nicht

– und hätte doch so gerne ihr Fell gestreichelt. Die Katze hatte die Bewegung gespürt, ging aber taktvollerweise nicht darauf ein. «Du», sagte sie, «ich glaube, du bist nicht unrecht – was hast du denn so vor?» «Was ich vorhabe?», der kleine Drache, glaubte, nicht recht verstanden zu haben, «ich bin unterwegs – auf dem Weg zu meinem Traum…» – «Hm», machte die Katze, «da geht's dir so wie mir – sag, hast du Lust, ein Stück Weg miteinander zu gehen?» Der Drache war mit dieser direkten Anfrage und dem verlockenden Angebot im Moment doch leicht überfordert: «Ja, wenn du meinst…» – «Willst du oder willst du nicht?»; fragte die Katze zurück, und «versprechen kann und mag ich dir überhaupt nichts – aber probieren können wir es ja einmal als Weggefährten miteinander, oder?»

er kleine Drache war überrascht von all dem, was da plötzlich auf sie zukam. Und in ihrer Verwirrung suchte sie ein wenig Halt an dem, was wohl nie falsch war: «Übrigens, ich heiße ‹Hab-mich-lieb›», stellte sie sich vor. «Tu ich schon», grinste die Katze frech zurück, «ich heiße Ferdinand.»

Und unser kleiner großer, schrecklich-dreinguckender Drache war schlichtweg verdattert. Sie ahnte, der Weg, der vor ihr lag, würde wohl noch ziemlich spannend und aufregend werden. Na gut – warum eigentlich nicht?

«Ja», sagte sie nachdenklich zu dem Kater, «ja, ich mag mit dir gehen…» Der Kater nickte, griff nach seinem Rucksack, warf ihn sich über die Schulter und sagte: «Also, was hält uns hier noch?» Und so wanderten die beiden los, der untergehenden Sonne entgegen…

Neuausgabe 2020

© Verlag Herder GmbH, Freiburg im Breisgau 1987
Alle Rechte vorbehalten
www.herder.de

Gesamtgestaltung:
Weiß-Freiburg GmbH – Graphik & Buchgestaltung
Umschlagmotiv und alle Illustrationen im Innenteil:
© Thomas Plaßmann
Schmuckinitiale im Innenteil:
© Ute Thönissen / Verlag Herder GmbH,
Freiburg im Breisgau
Herstellung:
GGP Media GmbH, Pößneck

Printed in Germany
ISBN 978-3-451-39059-3